Weitere Abenteuer auf:
www.thienemann.de/CodewortRisiko

Gib deinen persönlichen Geheimcode ein
und erlebe die spannende Welt von
Codewort Risiko!

Michael Borlik

Die Nacht der Vampire

Mit Bildern von Eilika Mühlenberg

Thienemann

Michael Borlik ist ein Autor der AVA international Autoren- und Verlagsagentur Herrsching.
(www.ava-international.de)

Borlik, Michael:
Die Nacht der Vampire
ISBN 978 3 522 18136 5

Reihengestaltung: init.büro für gestaltung, Bielefeld
Einband- und Innenillustrationen: Eilika Mühlenberg
Rätsel (Konzeption): Anja Lohr
Schrift: ITC Stone Sans, Kosmik
Satz: KCS GmbH, Buchholz/Hamburg
Reproduktion: Medienfabrik, Stuttgart
Druck und Bindung: Friedrich Pustet, Regensburg

5 4 3 2 1°   09 10 11 12

www.thienemann.de
www.borlik.de

Inhaltsverzeichnis

Achtung, Knoblauchbomben!

Es war so still auf dem Friedhof, dass Max' Nackenhärchen sich aufstellten. Vielleicht war es doch keine so gute Idee gewesen, noch so spät hierherzukommen. In wenigen Minuten ging die Sonne unter und dann brach die Stunde der Vampire an.

Max tastete nach dem Holzpflock, der in seinem Gürtel steckte. Er hatte ihn aus einem abgebrochenen Stuhlbein geschnitzt. Ganz ohne Hilfe. Darauf war er besonders stolz. Sollte ein Vampir ihn angreifen, würde er ihn damit aufspießen. Vorher musste Max jedoch ein Foto von ihm machen. Zum Beweis, dass es die Blutsauger wirklich gab. Dann würde Trixie nie wieder über ihn lachen. Im Gegenteil. Seine Schwester würde einen Schreikrampf bekommen und sich für den Rest ihres Lebens unter der Bettdecke verkriechen.

Max grinste bei dieser Vorstellung. Warum mussten ältere Schwestern auch so furchtbar nervig sein?

In diesem Moment ging die Sonne unter und es wurde stockduster. Gleichzeitig fuhr ein Wind durch die Bäume und ließ die Blätter bedrohlich rascheln. In Max' Ohren klang es wie das Wispern unzähliger Geister. Er schauderte und kramte hastig seine Taschenlampe hervor. In ihrem bleichen Licht wirkte der Friedhof noch viel unheimlicher. Die ur-

alten schiefen Grabsteine sahen wie gigantische Zähne aus, die jede Sekunde nach ihm schnappen konnten. Und die Dunkelheit selbst schien voller lebendiger Schatten.

»Die sind nicht wirklich da«, sagte Max sich. Trotzdem raste sein Herz wie der Sekundenzeiger einer Uhr.

Max ging weiter. Er würde nicht davonlaufen. Nicht so kurz vorm Ziel. Bestimmt dauerte es nicht mehr lange, bis er auf einen Vampir stieß.

Plötzlich sah er ein Licht. Ob Vampire auch Taschenlampen benutzten? Max schaltete seine eigene aus und ging hinter einem Grabstein in Deckung.

Beim großen Dracula, da vorne war ein leibhaftiger Vampir! Max' Magen schlug einen Purzelbaum. Der Vampir stand vor einem offenen Grab, aus dem

Auf dem Friedhof sind 10 ungewöhnliche Dinge zu sehen.

Was gehört eigentlich nicht hierher?

RÄTSEL ?

er gerade geklettert sein musste. Neben ihm auf dem Grabstein lag eine Taschenlampe. Dummerweise leuchtete sie in die falsche Richtung, sodass Max das Gesicht des Vampirs nicht erkennen konnte.

Egal, es musste auch so gehen. Max zog die Digitalkamera seines Vaters aus der Jackentasche. Ob man Vampire fotografieren konnte? Im Sonnenlicht zerfielen sie zu Staub. Vielleicht passierte das auch bei Blitzlicht. Dann wäre überhaupt nichts auf dem Foto drauf. Ärgerlich rümpfte Max die Nase. Na ja, gleich würde er es wissen. Er drückte auf den Auslöser.

Für wenige Sekunden wurde der Friedhof taghell erleuchtet. Der Vampir schrie entsetzt auf und torkelte zurück. Max erschrak ebenfalls und hätte fast

die teure Kamera fallen lassen. Bloß weg hier!, dachte er, doch da stürzte der Vampir bereits kopfüber in das Grab.

Max stand mit offenem Mund da. Was sollte er jetzt tun? Nachschauen, was aus dem Vampir geworden war? Aber war das nicht viel zu gefährlich?

Seine Neugier siegte. Er überprüfte den Sitz des Pflocks und tauschte die

Kamera gegen eine Wasserbombe aus frisch gepresstem Knoblauchsaft.

Als Max sich dem Grab näherte, konnte er den Vampir fluchen hören. Er blieb stehen. Im nächsten Augenblick schob sich der Kopf des Blutsaugers über den Rand des Grabes.

INFO

Es gibt viele gruselige Geschichten über Vampire. Vampire sind Untote, die nachts aus ihren Gräbern steigen, weil ihr Durst nach Blut sie dazu treibt. Die meisten Vampire bevorzugen Menschenblut, weil es süßer ist als das von Tieren. Sobald sie ein Opfer gefunden haben, saugen sie es bis auf den letzten Tropfen aus. Darum gibt es auch nur wenige Menschen, die einen Vampirangriff überlebt haben und davon berichten konnten.

INFO!

Särge um Mitternacht

Jetzt oder nie, dachte Max. Mit aller Kraft schleuderte er die Knoblauchbombe in die Richtung des Vampirs.

Wums. Sie traf den Vampir mitten ins Gesicht.

»Sieg!«, jubelte Max und wartete darauf, dass der Kopf des Vampirs explodierte.

Aber nichts passierte. Außer dass der Vampir unglaublich wütend wurde. Mit einem Satz sprang er aus dem Grab und kam auf Max zugestürmt.

Auweia, das war gar kein Vampir! Das war Herr Grimm, der Friedhofswächter.

»Max Helsing! Ich hätte mir ja gleich denken können, dass du das bist«, fuhr er ihn an.

Er packte Max am Ohr und schleifte ihn zum Friedhofstor.

»Wegen dir stinke ich jetzt wie ein Knoblauchbrot!« Herr Grimm funkelte Max böse an. »Wenn ich dich noch ein-

mal hier erwische, werde ich die Polizei rufen, dann wanderst du in den Knast!«

Der Friedhofswächter warf das Tor zu und schloss ab.

Max rieb sich sein schmerzendes Ohr. Für heute konnte er die Vampirjagd vergessen. Mit seinem Gebrüll hatte Herr Grimm bestimmt alle Blutsauger vertrieben.

In der Küche und in Trixies Zimmer brannte noch Licht.

Mist, wie sollte er jetzt ins Haus kommen? Alle glaubten, dass Max früh zu Bett gegangen war, deshalb konnte er jetzt nicht einfach so zur Haustür hereinspazieren.

Zum Glück hatte er für diesen Notfall sein Fenster offen gelassen. Max schlich in den Garten. Mit der Leiter vom Obstbaum kletterte er aufs Garagendach. Von dort war es nur ein Katzensprung zu seinem Fenster.

Wenig später lag er breit grinsend in seinem Bett. Er war einfach genial! Niemand hatte gemerkt, dass er fort gewesen war.

Kurz darauf war Max auch schon eingeschlafen.

Um Mitternacht schreckte er wieder hoch. Fremde Stimmen drangen von draußen in sein Zimmer.

Was war da los?

Neugierig schlüpfte Max aus dem Bett und spähte durch den Vorhang.

Ein dunkler Transporter parkte vor dem Nachbarhaus. Seit Monaten schon stand es leer. Und jetzt schleppten drei Gestalten Kartons und Koffer hinein.

Schau dir das Bild genau an.

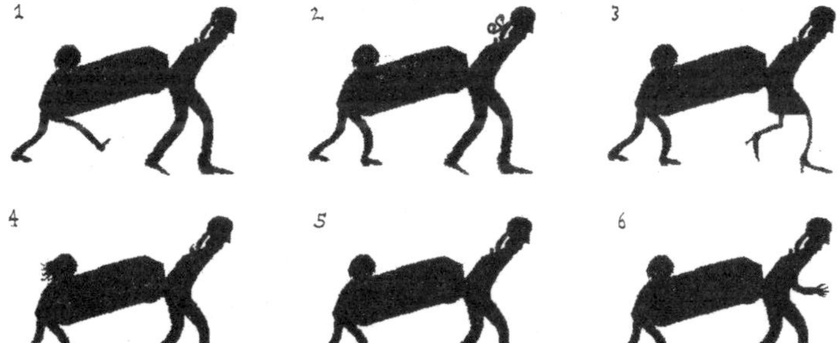

Welches Schattenbild passt dazu?

RÄTSEL

Jemand zog ein!

Max runzelte die Stirn.

Mitten in der Nacht? Das war merkwürdig.

Plötzlich fiel der kleinsten Gestalt etwas zu Boden und rollte unter eine Straßenlaterne.

Max reckte den Hals. Leider konnte er nichts erkennen. Es war einfach zu weit weg.

Nun tauchte die Gestalt in den Schein der Laterne, um das Ding aufzuheben. Es war ein Junge. Nicht älter als Max. Und er war ganz in Schwarz gekleidet.

Schwarz, die Lieblingsfarbe von Vampiren, dachte Max.

Der Junge kehrte zum Transporter zurück und half seinen Eltern, drei lange Kisten herauszuhieven. Max klappte der Mund auf.

Das … das waren ja Särge!

Ungläubig beobachtete er, wie die neuen Nachbarn sie ins Haus trugen.

INFO

Gewöhnlich sehen Vampire wie Menschen aus, was es ihnen leicht macht, sich unerkannt an ihre Opfer anzuschleichen. Wenn sie einen dann böse anlächeln und ihre spitzen Eckzähne entblößen, ist es für eine Flucht meist zu spät. Weitere Merkmale von Vampiren sind ihre blasse Hautfarbe und ihre Vorliebe für schwarze Umhänge. Außerdem haben sie kein Spiegelbild. Nur, wer trägt schon ständig einen Spiegel mit sich herum?

Wer heißt schon Otis?

Als Max am nächsten Morgen aufwachte, war er sicher, alles nur geträumt zu haben.

Dann riss er den Vorhang auf und sah den schwarzen Transporter.

Max schluckte. Waren nebenan wirklich echte Vampire eingezogen? Er lief nach unten, um seinen Eltern davon zu erzählen. Aber in der Küche erwartete ihn bereits die nächste böse Überraschung.

»Ich hab dich gestern Abend gesehen«, begrüßte ihn Trixie.

Max blickte sich verstohlen nach seinen Eltern um. Zum Glück waren sie mit Frühstückmachen beschäftigt.

»Und? Was willst du?«, fragte er seine Schwester.

Trixie lächelte boshaft. »Du wirst für den Rest des Monats meinen Spüldienst übernehmen, klar?«

Max knirschte mit den Zähnen. »Das gibt Rache!«

Trixie zuckte gleichgültig die Achseln.

Nach dem Frühstück machte Max sich auf den Weg zur Schule. Als er sich dem Nachbarhaus näherte, ging plötzlich die Tür auf. Mit einem Satz rettete er sich hinter den Transporter.

Aus seinem Versteck konnte er beobachten, wie der Junge von heute Nacht das Haus verließ. Wie seltsam der aussah! Er hatte pechschwarzes Haar und war unglaublich blass. Und das mitten im Sommer! Außerdem hatte er eine Sonnenbrille auf der Nase.

Max beschloss, dem Jungen zu folgen. Möglicherweise führte er ihn geradewegs zum Hauptquartier der Vampire, wo sie gerade eine Invasion planten. Ja, das passte. Zuerst schickten sie Späher aus, anschließend folgte der Rest der Meute.

Aber Max hatte Pech. Der Junge war

bloß auf dem Weg zur Schule. Es war dieselbe, in die auch Max ging. Kein Wunder, weit und breit gab es nur die eine.

Max schnaubte. Seit wann musste ein Vampir zur Schule?

Pah, der suchte wahrscheinlich bloß nach neuen Opfern.

»Wir haben einen neuen Mitschüler«, verkündete Max' Klassenlehrerin wenig später. »Sein Name ist Otis Vanori. Heißt ihn herzlich willkommen, Kinder.«

»Hallo, Otis!«, rief die Klasse.

Max musste sich an seinen Stuhl klammern, um vor Schreck nicht herunterzufallen. Der neue Mitschüler war niemand anderer als der Vampirjunge. Das konnte kein Zufall sein!

Die Lehrerin setzte Otis in die Reihe vor Max, dann bat sie ihn, etwas von sich zu erzählen.

»Mein Vater ist ein Zauberer«, begann Otis.

»Oh«, machten einige Mädchen beeindruckt.

Otis lachte. »Er ist fast so berühmt wie David Copperfield. Darum müssen wir auch ziemlich oft umziehen. Er tritt nämlich überall auf der Welt auf.«

Max kniff die Augen zusammen. Ja, klar, dachte er. Und mein Vater ist der Kaiser von China! Das hatte Otis bestimmt nur erfunden, um von der Wahrheit abzulenken. Aber so leicht würde Max es ihm nicht machen.

»Sag mal, Otis«, fragte er, »warum trägst du eigentlich eine Sonnenbrille, obwohl heute kaum die Sonne scheint?«

Jetzt hatte er ihn!

»Ich habe eine Sonnenallergie«, sagte Otis.

»Quatsch, so was gibt's doch gar nicht!«, rief Max wütend.

Gab es aber doch, wie seine Klassenlehrerin ihn belehrte.

Max kratzte sich am Kopf. Hatte Otis wirklich eine Sonnenallergie? Oder war das nur eine Ausrede? Immerhin hatte er beobachtet, wie er und seine Eltern drei Särge ins Haus geschleppt hatten.

In der großen Pause ließ Max Otis keine Sekunde lang aus den Augen. Doch Otis versuchte nicht ein einziges Mal, jemanden zu beißen. Max' Laune wurde immer mieser. So würde er ihn nie überführen können. Er musste sich etwas einfallen lassen.

Was wäre, wenn er Otis einfach nach den Särgen fragen würde? Vielleicht bekam er dann Panik und würde alles zugeben.

Max schlenderte wie zufällig zu Otis hinüber. »Hör mal, ich wollte dich ...«

Er kam nicht dazu, seine Frage zu stellen, denn plötzlich stand Xenia neben ihm. Das neugierigste Mädchen der Schule.

»Wann bist du eigentlich hergezogen, Otis?«, wollte sie wissen. »Und wo hast du früher gewohnt? Hast du Geschwister? Ach ja, willst du mal abbeißen?« Sie hielt ihm ihr Brötchen unter die Nase. Es war dick mit Knoblauchbutter bestrichen.

Otis wurde schlagartig grün im Gesicht. Er drückte sich die Hand auf den Mund und flüchtete.

»Ich hab's doch gewusst«, rief Max triumphierend.

INFO

Abgesehen von Blut mögen Vampire alte Friedhöfe, verfallene Schlösser und finstere Seitengassen. Vermutlich liegt das daran, dass sich an solchen Orten niemand aufhält, der die Schreie ihrer Opfer hören könnte. Was die Blutsauger mehr als alles andere hassen, sind Sonnenlicht, Knoblauch, Kreuze und Weihwasser. Diese Dinge können sie verletzen, im schlimmsten Fall sogar vernichten.

Vergleiche die beiden Bilder miteinander.
Entdeckst du die 12 Fehler?

RÄTSEL

Ärger im Anflug

Ganz klar, Otis war ein Vampir! Warum wäre er sonst vor der Knoblauchbutter davongelaufen? Max rieb sich die Hände. So nah war er einem echten Vampir noch nie gekommen. Jetzt fehlte ihm nur noch ein Foto, mit dem er alle anderen überzeugen konnte.

Auf in die Höhle des Löwen!

Max schnappte sich den Fotoapparat seines Vaters und lief in den Garten. Dort gab es ein Loch in der Hecke, durch das er in den Nachbargarten schlüpfen konnte.

Als Max auf der anderen Seite der Hecke herausgekrochen war, schaute er sich erst mal um. Von Otis oder seinen Eltern war nichts zu sehen. Dafür stand die Terrassentür weit offen.

Plötzlich überkam Max ein mulmiges Gefühl. Vielleicht war das ja eine Falle?

Egal, er musste diese Chance nutzen!

Vorsichtig trat Max durch die Terrassentür ins Haus und landete im Wohnzimmer. Es war vollgestopft mit alten Möbeln: ein abgewetztes Sofa, mehrere Schränke, zehn verschiedenfarbige Stüh-

RÄTSEL ?

Was ist in den Kisten? Entschlüssle die Wörter und du weißt es.

Tipp: Jede Zahl steht für die Stellung des Buchstabens im Alphabet, z. B. A = 1 usw.

A	B	C	D	E	F	G	H	I	J	K	L	M
1	2	3	4	5	6	7	8	9	10	11	12	13

N	O	P	Q	R	S	T	U	V	W	X	Y	Z
14	15	16	17	18	19	20	21	22	23	24	25	26

le und ein wackliger Tisch. Darauf und darunter standen unzählige Kisten. Max trat näher. Aus einer schauten die Zipfel glitzernder Kostüme heraus, aus einer anderen ragte ein schiefer Turm schwarzer Zylinder. Dann gab es noch einen Karton mit Zauberstäben und einen mit Löchern, in dem es leise scharrte. Otis' Vater musste wirklich ein Zauberer sein. Das gehörte sicher zur Tarnung, um zwischen den Menschen nicht aufzufallen!

Als Nächstes nahm Max sich die Küche vor. Auf dem Weg dorthin durchquerte er einen düsteren Flur.

Plötzlich blieb er stehen. Was war das für ein Ungetüm?

Max musterte einen riesigen, uralt aussehenden Schrank. Die Schranktüren waren mit fiesen Dämonen und hohläugigen Totenköpfen verziert. Manche

Schnitzereien sahen so echt aus, als könnten die bösen Wesen jeden Augenblick zum Leben erwachen.

So etwas Unheimliches hatte er noch nie gesehen. Max schauderte. Was da wohl drin war?

Vorsichtig, als könnten die Dämonen nach ihm schnappen, streckte er die Hand aus. Doch der Schrank war abgeschlossen. Und weit und breit war kein Schlüssel in Sicht.

Grummelnd ging Max in die Küche. Dort war es nicht so chaotisch wie im Wohnzimmer. Alles war tipptopp aufgeräumt, als würde sich nie jemand darin aufhalten. Als Erstes schaute Max in einen der Schränke. Darin waren nur ein paar Teller und Gläser. Nichts Verdächtiges. Dann öffnete er den Kühlschrank.

Max stockte der Atem. Er war leer, bis

auf eine Glaskanne mit einer rubinroten Flüssigkeit. Blut!, schoss es Max durch den Kopf.

Er holte den Fotoapparat heraus, um ein Foto zu schießen. In dem Moment hörte er Schritte hinter sich.

Es war eine große Frau mit langem rabenschwarzen Haar und einer äußerst spitzen Nase.

Verdutzt starrte sie Max an. »Wer bist denn du? Und was machst du in unserer Küche?«

»Ich ... ich ...«, stammelte Max.

Ihr Gesicht verdüsterte sich und sie stemmte die Hände in die Seiten. »Du bist doch wohl kein Einbrecher!?«

»Hallo, Max!« Otis war gerade zur Küche hereinspaziert. »Keine Sorge, Mama. Max wohnt nebenan und geht mit mir auf dieselbe Schule.«

»Oh, dann wolltest du ihn nur besuchen kommen.« Sie lächelte plötzlich. »Das ist nett von dir, trotzdem solltest du das nächste Mal bitte den Vordereingang benutzen.«

Max nickte.

»Ich muss jetzt zum Einkaufen«, sagte Otis' Mutter. »Wir haben nämlich nur noch Himbeersaft im Kühlschrank. Also, bis später Jungs!«

Von wegen Himbeersaft, dachte Max.

INFO

INFO

Wie schon erwähnt, sind Vampire verrückt nach Menschenblut. Sie trinken es jedoch nicht nur, weil es ihnen schmeckt. Blut verleiht ihnen Unsterblichkeit und lässt sie übermenschlich stark werden. Trinken Vampire über einen längeren Zeitraum kein Blut, altern sie rasant. Meist werden sie dann so schwach, dass sie ihre Gräber nicht mehr verlassen können und langsam vertrocknen.

Der Werwolf im Keller

»Komm mit, ich zeig dir mein Zimmer«, sagte Otis. Auf dem Weg dorthin fragte er: »Wozu hast du die Kamera? Ist Fotografieren dein Hobby?«

Max nickte, dann runzelte er die Stirn. Otis hatte ihn gerade vor Ärger bewahrt, dabei kannten sie sich kaum. Auch schien es ihn nicht die Bohne zu interessieren, wie Max ins Haus gekommen war. War es vielleicht doch eine Falle gewesen?

»Wie gefällt's dir bei uns?« Otis wandte ihm das Gesicht zu. Zum ersten

Mal konnte Max seine Augen sehen. Sie waren dunkel, fast schwarz. »Wir müssen ja ziemlich seltsam auf dich wirken.«

»Was meinst du?«, fragte Max misstrauisch.

»Na, all die Kisten mit dem magischen Kram von meinem Vater.«

»Ach so. Wo ist er überhaupt?«

»Auf einem Magiertreffen, wo es um die neuesten Zaubertricks geht.« Otis blieb stehen. »Hier sind wir.«

Max starrte die Tür an. »Geht's da nicht in den Keller?«

»Eigentlich sollte ich das Zimmer unterm Dach kriegen. Aber da regnet es rein«, erklärte Otis. »Außerdem find ich den Keller viel cooler.« Er öffnete die Tür. Dahinter lag eine Treppe, die von einer flackernden Glühbirne erhellt wurde. »Nicht schon wieder.« Er seufzte. »In diesem Haus ist auch alles kaputt.«

Max stierte die Lampe an. Ihr Flackern erinnerte ihn an diesen Gruselfilm, den er gesehen hatte. Darin war es um eine Riesenspinne gegangen, die in einem Keller gelauert und jeden gefressen hatte, der sich hineingewagt hatte.

»Du glaubst doch nicht etwa an Monster, oder?«, fragte Otis, als hätte er seine Gedanken gelesen.

»Nein, natürlich nicht«, sagte Max

hastig. »Wir ... wir könnten aber auch raus in den Garten gehen.«

»Schon vergessen? Ich hab 'ne Sonnenallergie«, erinnerte ihn Otis.

Was jetzt?, überlegte Max. Er konnte natürlich die Fliege machen. Allerdings würde Otis dann sicher ahnen, dass er Bescheid wusste. Das wäre gar nicht gut. Vielleicht brachte Max dadurch sogar seine Familie in Gefahr. Es war ihm egal, wenn Otis Trixie aussaugte. Sollte sie ruhig als Vampir in einer öden Gruft verrotten. Aber er wollte auf keinen Fall, dass seinen Eltern etwas passierte.

Verflixt!, dachte Max verzweifelt und folgte Otis in den Keller.

»Ich bin so dämlich«, schimpfte Max leise vor sich hin. Warum hatte er nicht seinen Holzpflock oder wenigstens eine Knoblauchbombe mitgenommen?

»Was hast du gerade gesagt?«, fragte Otis.

»Äh, nichts.« Max sah zu der blinkenden Glühbirne auf: hell-dunkel, hell-dunkel, hell-dunkel.

Er schluckte.

Was, wenn sie plötzlich ganz ausfiel? Otis würde sich bestimmt sofort auf ihn stürzen und er würde ihn nicht einmal sehen.

Ich bin erledigt, dachte Max.

Als sie das Ende der Treppe erreicht hatten, fiel sein Blick auf das lebensgroße Poster eines Werwolfs.

Die Augen der Bestie glühten rot und sie hatte Hauer, die lang wie Max' Unterarme waren.

Max schluckte. Vielleicht war das überhaupt kein Poster, sondern ein Foto von Otis. Es gab schließlich auch Vampire, die sich in Werwölfe verwandeln konnten.

In diesem Augenblick leuchtete die Glühbirne plötzlich wie ein grelles Blitzlicht auf.

Wie viele Fledermäuse entdeckst du auf dem Bild?

RÄTSEL ?

Max schloss geblendet die Augen. Als er sie wieder öffnete, sah er nur bunte Punkte.

»Auweia«, hörte er Otis links von sich rufen. »Wo bist du, Max? Ich kann dich nicht sehen.«

Max blinzelte. »Ich weiß auch nicht, warum ...«

Er verstummte.

Erst jetzt fiel ihm plötzlich auf, dass neben dem Werwolfposter etwas an der Wand lehnte. Es war sehr groß und dunkel.

Bei Graf Dracula, das musste einer der Särge sein!

Ich muss raus hier, dachte Max. Sofort!

Er stolperte die Kellertreppe hoch. Noch immer sah er alles völlig verschwommen.

»Ich … ich muss ganz dringend nach Hause!«, rief Max über die Schulter zurück und rannte davon.

INFO

Vampire haben besondere Fähigkeiten. Sie sind in der Lage, ihre Gestalt zu wechseln. Sie können sich in Fledermäuse, Wölfe, sogar Werwölfe und Nebel verwandeln. Sehr mächtige Vampire sind so stark, dass sie mühelos ein Auto durch die Luft schleudern können. Einige Vampire besitzen auch übernatürliche Kräfte wie Gedankenlesen oder Hellsehen.

INFO

Der Vampirtest

»Was ist mit dir los?«, fragte Trixie, als sie später in Max' Zimmer vorbeischaute. »Du bist ja grün wie ein vergammelter Käse.«

Max starrte sie mit schreckensweiten Augen an. »Otis«, keuchte er. »Er und seine Eltern sind Vampire!«

Trixie schüttete sich aus vor Lachen. Dann wurde sie wieder ernst. »Du redest Unsinn. Es gibt keine Vampire! Und jetzt geh runter in die Küche, dort steht noch der Abwasch vom Mittagessen.«

»Erpresserin!«, fauchte Max.

»Ist es dir lieber, ich erzähle Ma und Paps von deinem nächtlichen Ausflug?«

Max funkelte sie böse an. »Ist gut, ich geh ja schon.«

Gleich nach dem Spülen kehrte Max zurück auf sein Zimmer. Er kochte vor Wut. Womöglich waren sie in Todesgefahr und Trixie lachte nur darüber. Warum hatte er auch kein Foto von dem Sarg gemacht? In seiner Panik hatte er das völlig vergessen.

Um sich abzulenken, spielte Max am Computer »Der blutige Baron II«. Ein Action-Adventure, in dem er den Meistervampir durch finstere Katakomben jagen musste, die voller Zombies, Menschenfleisch fressender Dämonen und lebender Skelette waren. Als er den Baron am Ende auf dem Friedhof der Un-

toten stellte, kam Max eine Idee. Warum hatte er nicht schon früher daran gedacht? Er brauchte Otis bloß auf den Friedhof zu locken, dann würde er sich verwandeln. Kein Vampir konnte alten Grabsteinen und finsteren Grüften widerstehen.

Max grinste. Dann brauchte er nur noch ein Foto von ihm zu machen und schon hatte er seinen Beweis. Nur kurz dachte Max an den Friedhofswächter, der sicher noch sauer auf ihn war.

Am nächsten Morgen lauerte Max Otis in der großen Pause auf. Es gab noch einen letzten Test, den er mit Otis machen wollte, bevor er sich mit ihm auf den Friedhof wagte. Es war ihm heute Morgen beim Zähneputzen eingefallen.

»Hallo, Otis, willst du mal sehen, wie du mit deiner Sonnenbrille aussiehst?«

Max hielt ihm den Handspiegel seiner Schwester vor die Nase.

»Hä?«, gab Otis von sich.

»Ach, schon gut.« Max steckte den Spiegel enttäuscht weg.

Nun gut, Otis hatte ein Spiegelbild. Aber vielleicht war es auch ein Märchen, dass Vampire kein Spiegelbild besaßen.

»Warum bist du gestern eigentlich so schnell abgehauen?«, wollte Otis wissen.

»Ich, äh, musste noch, äh, zum Zahnarzt.« Max war noch nie gut darin gewesen, Ausreden zu erfinden. Er räusperte sich. »Sag mal, Otis, hast du heute schon was vor? Ich muss dir nämlich unbedingt was zeigen.«

»Und was?«

»Wirst du dann sehen. Ich hol dich heute Abend gegen acht ab.«

Die Sonne war gerade untergegangen, als Max sich aus dem Haus schlich. Otis erwartete ihn bereits. Seine Eltern waren nicht da, weil sein Vater einen Auftritt in einer Fernsehshow hatte.

»Wozu hast du den Rucksack dabei?«, fragte Otis, als er neben Max herlief. »Und wo willst du überhaupt hin?«

»Auf den Friedhof.«

Otis starrte ihn mit offenem Mund an. »Was willst du da?«

»Wirst du schon sehen.« Max zog ihn ungeduldig weiter.

Das Friedhofstor war um diese Zeit abgeschlossen, also kletterten sie darüber.

Max holte seine Taschenlampe aus dem Rucksack. »Ganz schön gruselig, was?«, fragte er.

»Ich find's cool!« Otis' Augen leuchte-

ten vor Aufregung. »Je unheimlicher, desto besser.«

»Wir müssen aufpassen, dass uns der Friedhofswächter nicht erwischt. Der kann mich nicht leiden.«

»Wenn ich das gewusst hätte, hätte ich meine Werwolfmaske mitgenommen. Dann hätten wir diesem Typen eins auswischen können.« Otis grinste. »Ich sammle nämlich alles, was mit Werwölfen zu tun hat. Die sind megastark!«

»Und was hältst du von Vampiren?«, hakte Max nach.

»Wer weiß, vielleicht treffen wir ja einen.« Sein Grinsen wurde noch breiter.

Max hatte Otis noch nie so fröhlich und aufgeregt erlebt. Dass es stockfinstere Nacht war und sie nur eine Taschen-

lampe dabeihatten, schien ihn überhaupt nicht zu stören. Im Gegenteil. Er fand das offensichtlich einfach nur spannend.

Die ganze Zeit über behielt Max ihn im Auge, gleichzeitig umklammerte er die Digitalkamera in seiner Jackentasche. Sobald Otis sich verwandelte, würde er abdrücken. Das Blitzlicht müsste ihn zumindest so lange verwirren, bis Max seinen Pflock gezogen hatte. Er hoffte nur, dass er schnell genug war. Damit Otis aus ihm nicht auch einen Vampir machte.

»Was ist das?«, rief Otis. Er zeigte auf ein Gemäuer, das mit Efeu überwuchert war und an einen alten Tempel erinnerte.

»Eine Gruft.« Max leuchtete sie mit der Taschenlampe an.

»Die will ich mir ansehen.«

Wie kommen Max und Otis zur Gruft? Fahre die Linien mit dem Finger nach und du weißt es.

RÄTSEL ?

Das verrostete Gittertor quietschte, als Otis es aufzog. Dahinter lagen Steinstufen, die in die Dunkelheit hinabführten.

»Gib mir mal deine Taschenlampe«, sagte Otis zu Max. Dann machte er sich an den Abstieg.

Max folgte ihm. War es so weit? Lockte Otis ihn nur dort runter, um ihn zu beißen?

In der Gruft roch es modrig und muffig. Von der Decke hingen Spinnweben, in denen tote Motten baumelten. Plötzlich schauderte Max. Vor ihnen stand ein riesiger Steinsarg.

»Hierherzukommen war eine super Idee von dir«, meinte Otis und knipste die Taschenlampe aus.

Dann packte er Max und riss ihn hinter dem Sarg zu Boden.

Max blieb nicht mal Zeit, den Pflock zu ziehen.

Jetzt ist es aus mit mir!, dachte Max zitternd. Jetzt macht Otis einen Vampir aus mir!

INFO

Wie wird man zum Vampir? Über diese Frage streiten selbst die Vampirexperten. Manche glauben, dass dazu nur ein einziger Vampirbiss nötig ist. Andere sind überzeugt, dass man mindestens dreimal gebissen werden muss. Eine dritte Meinung lautet, dass man nicht nur gebissen werden, sondern auch vom Blut des Vampirs trinken muss. Was nun stimmt, wissen wohl nur die Vampire selbst.

INFO !

Angriff des Werwolfs

»Sei bloß still!«, zischte Otis.

Max schlug das Herz bis zum Hals. Worauf wartete Otis noch? Warum biss er nicht endlich zu, dann hatte er es wenigstens hinter sich.

Da flammte eine Taschenlampe auf und Max konnte Schritte hören.

»Ich dachte, ich hätte was gesehen«, grummelte eine Stimme.

Max schluckte. Auweia, das war Herr Grimm, der Friedhofswächter.

»Ich zähle bis drei, dann hauen wir ab«, murmelte Otis. »Okay?«

Max nickte.

»He, wer seid ihr? Und was tut ihr hier?«, schrie Herr Grimm wütend, als sie an ihm vorbei die Treppe hochstürmten.

»Bloß nicht stehen bleiben!«, rief Otis.

»Niemals!«

Die beiden rannten und rannten. Sie blieben erst stehen, als Otis' Zuhause in Sicht kam.

»Du … hast mich gerettet«, keuchte Max. »Wenn der mich erwischt hätte, wäre ich geliefert gewesen!«

Otis winkte ab. »Wir sind schließlich Freunde, oder?«

»Freunde!«, sagte Max und grinste.

»Willst du meine Werwolfsammlung sehen?«, fragte Otis. »Die wollte ich dir schon letztes Mal zeigen, bevor du plötzlich abgehauen bist.«

Eigentlich ist Otis echt in Ordnung, dachte Max, als er ihm ins Haus folgte. Er mochte Werwölfe, was fast das Gleiche wie Vampire war. Vielleicht konnten sie ja ab jetzt sogar gemeinsam auf die Jagd nach diesen fiesen Monstern gehen. Max gefiel die Idee. Endlich mal jemand, der nicht über sein Hobby lachte. Er seufzte. Wie hatte er sich nur so in Otis täuschen können? Er hatte wohl wirklich nur eine Sonnenallergie. Außerdem gab es viele Menschen, die Knoblauch nicht ausstehen konnten.

Das Kellerlicht war inzwischen repariert worden. Jetzt sah Max, dass der Sarg in Wirklichkeit ein riesiger Schrankkoffer war. An der Wand gegenüber stand ein Regal, in dem es von Werwolfsachen nur so wimmelte: Actionfiguren, verschiedene Gummimasken, ein mottenzerfressenes Stück Fell und jede Menge Bücher.

Max nahm seinen Rucksack ab und warf ihn auf den Boden.

»Was ist das?«, fragte Otis neugierig, als Max' selbst geschnitzter Pflock herauskullerte.

Auf welchem Buch steht das Wort »Werwolf«?

Tipp: Die Buchstaben sind um eine Stelle im Alphabet verschoben: A = B, B = C usw.

RÄTSEL ?

»Damit killt man Vampire«, sagte Max.

»Cool!« Otis ging zum Regal und kehrte mit einem Schuhkarton voller Werwolffotos zurück. Leider waren die meisten so unscharf, dass die Werwölfe darauf eher wie Hunde oder Gorillas aussahen.

»Finden deine Eltern dein Hobby nicht komisch?«, fragte Max.

Otis sah ihn erstaunt an. »Warum sollten sie? Mein Vater hält sich schließlich für einen Zauberer. Das ist genauso seltsam.«

Max seufzte. »Meine Schwester denkt, ich sei ein Blödmann, weil ich an Vampire glaube.«

»Klingt so, als wäre sie eine dumme Kuh«, sagte Otis.

»Wenn ich nur einen Beweis hätte, dann würde ihr das Lachen schon vergehen.«

»Ich hab eine viel bessere Idee.« Mit einem Mal grinste Otis wie ein Honigkuchenpferd. »Hör zu ...«

Kurz darauf klopfte Max an Trixies Zimmertür.

»Was ist?«, fragte sie genervt.

»Ich hab da ein Problem«, sagte Max.

Trixie riss die Tür auf, starrte auf ihren Bruder und fing an zu kreischen. Max

hätte am liebsten laut aufgelacht, doch stattdessen stieß er ein wildes Geheul aus.

Trixie kippte prompt um.

Otis kam herbei und hielt sich vor Lachen den Bauch. »Das ... das lief besser, als ich ... dachte.«

Max klopfte ihm auf die Schulter. »Die Werwolfmaske war eine geniale Idee!«

In Zukunft würde Trixie es sich dreimal überlegen, ob sie ihren Spüldienst auf ihn abwälzte.

INFO

Wie tötet man einen Vampir?

Die gängigste Art ist, einem Vampir einen Holzpflock durch das Herz zu jagen. Andere Möglichkeiten sind, ihm den Kopf abzuschlagen oder ihn dem Tageslicht auszusetzen, sodass er zu Staub zerfällt.

Das Geheimnis des Schranks

»Schau mal, was ich hier habe«, sagte Max aufgeregt, als er ein paar Tage später bei Otis vorbeischaute. »Meine Eltern haben mir vorhin das neue Add-on vom blutigen Baron II gekauft.«

»Wow, lass es uns gleich ausprobieren!«

Die beiden stürmten in den Keller und warfen Otis' Playstation an. Sie hatten jedoch kaum angefangen zu spielen, als seine Mutter rief: »Komm mal hoch, Otis!«

»Oh nein, warum denn ausgerechnet

jetzt?«, beschwerte er sich. »Wir stecken mitten im ersten Level.«

»Es ist wichtig«, sagte seine Mutter. »Nun beeil dich schon!«

Otis verdrehte die Augen. »Ich bin gleich wieder da, Max.«

Max wartete, aber Otis kam nicht zurück. Er sah auf die Uhr. Mindestens fünfzehn Minuten war Otis jetzt schon fort. Warum dauerte es so lange? Max runzelte die Stirn. Ob etwas Schlimmes passiert war? Otis' Mutter hatte so ernst geklungen. Vielleicht sollte er besser mal nachschauen.

Max ging nach oben.

»Otis, wo bist du?«

Keine Antwort.

Max sah in der Küche nach. Niemand da. Bestimmt waren sie im Wohnzimmer. Auf dem

Weg dorthin kam Max an dem uralten Schrank vorbei. Der Anblick der Totenköpfe und Dämonen ließ ihn erneut schaudern. Er wollte rasch weitergehen, als ihm die angelehnte Tür auffiel.

Max riss die Augen auf. Der Schrank war offen.

Ob er mal reinschauen sollte? Ein bisschen neugierig war er ja schon. Andererseits war Otis inzwischen sein Freund. Da konnte er doch nicht einfach in den Sachen seiner Familie herumschnüffeln. Allerdings hatten echte Freunde auch keine Geheimnisse voreinander.

Bestimmt sind da nur Klamotten drin, dachte Max. Er schaute sich rasch um. Keine Spur von Otis.

»Nur ein ganz kurzer Blick«, murmelte er.

Der Schrank hatte ein einziges Fach.

Schau dir die Ausschnitte genau an und suche sie im Bild. Schreibe die passenden Buchstaben nacheinander auf ein Blatt.

Welches Lösungswort ergibt sich?

In dem befand sich nichts weiter als eine schwarze Urne. Darauf stand in goldener Schrift:

Graf Vladimir

1903–2009

»Der Großonkel meiner Mutter.«

Max zuckte erschrocken zusammen. Otis war wie aus dem Nichts neben ihm aufgetaucht.

»Aber … aber der ist ja über hundert Jahre alt geworden«, stammelte Max. »Kein Mensch wird so alt.«

»Manche schon«, sagte Otis.

Max verzog das Gesicht. Die Asche eines Toten. Kein normaler Mensch hatte so etwas im Haus.

»Wozu bewahrt ihr die auf?«

Otis sah ihn grimmig an. »Was geht dich das an?«, fauchte er.

Max schluckte. So wütend hatte er

Otis noch nie erlebt. Was war schon dabei, dass er die Urne gesehen hatte?

Doch da fiel es Max wie Schuppen von den Augen. »Ich … ich muss jetzt gehen«, stammelte er.

»Nein, warte!« Otis packte ihn am Arm.

Aber Max riss sich los und lief aus dem Haus.

»Bleib stehen!«, rief Otis ihm zornig nach. »Ich muss mit dir reden!«

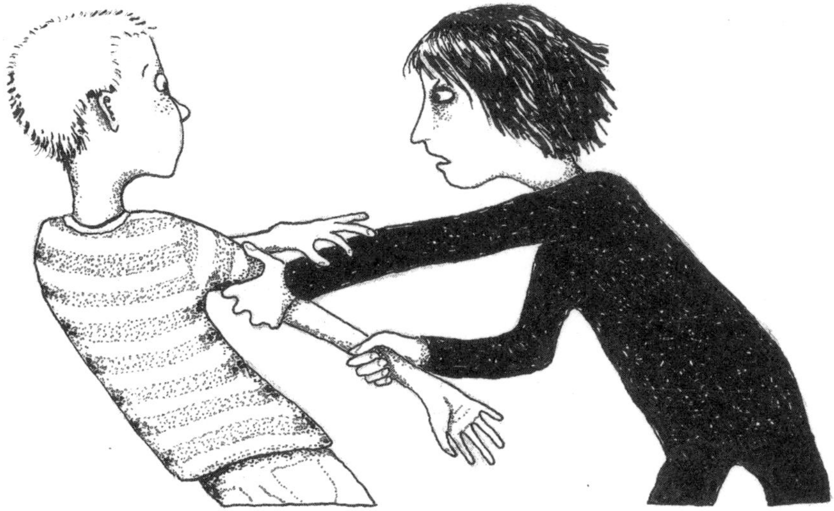

Erst als Max die eigene Haustür hinter sich zugeworfen hatte, fühlte er sich wieder einigermaßen sicher.

Es gab nur einen Grund, warum Otis' Familie die Überreste von diesem Graf Vladimir aufhob: Wenn man die Asche eines Vampirs mit Blut beträufelt, erwacht er wieder zum Leben. Die Vanoris waren also doch Vampire!

INFO

Es ist gar nicht so leicht, sich vor Vampiren zu schützen. Wenn man zu Hause frischen Knoblauch und Kreuze hat, ist das schon mal eine gute Vorsichtsmaßnahme. Einige Vampirexperten glauben sogar, dass die Blutsauger nur dann ein Haus betreten können, wenn man sie dazu auffordert. Also: Niemals Fremde in die Wohnung oder ins Haus lassen, es könnten Vampire sein!

Auf und davon

Der Vollmond schien hell in Max' Zimmer. Plötzlich explodierte sein Fenster. Glassplitter jagten wie Gewehrkugeln durch die Luft. Max schrie. Dann sah er Otis, der breit grinsend in sein Zimmer geklettert kam. Spitze Zähne ragten aus seinen Mundwinkeln.

»Lass mich in Ruhe!« Max tastete nach seiner Knoblauchbombe. In der Dunkelheit konnte er sie jedoch nicht finden. Genauso wenig wie den Pflock, den er unter sein Kissen geschoben hatte.

»Zuerst werde ich dir das Blut aussaugen und dann dem Rest deiner Familie«, sagte Otis triumphierend. »Das wird ein Riesenspaß!«

»Bitte nicht«, flehte Max. »Ich werde auch niemandem verraten, was du bist.«

»Zu spät.« Otis lachte. »Das kommt davon, wenn man seine Nase in Dinge steckt, die einen nichts angehen.«

»NEEEEIN!«

Max saß kerzengerade in seinem Bett und schrie.

Jemand schaltete das Licht an. Es war Trixie.

»Warum zur Hölle machst du mitten in der Nacht solchen Lärm?«, schimpfte sie.

Max sah sie verwirrt an. Ein Albtraum. Es war nichts weiter als ein blöder Albtraum gewesen. Plötzlich lachte er vor Erleichterung. Trixie zeigte ihm einen Vogel und kehrte zurück in ihr Zimmer.

Den Rest der Nacht lag Max wach in seinem Bett. Aber Otis tauchte nicht auf, um ihn zu beißen. Dabei wäre es doch genau das, was ein echter Vampir täte, um Max zum Schweigen zu bringen. Oder nicht? Na ja, vielleicht hatten sie die Urne auch nur deshalb zu Hause, weil Otis' Mutter ihren Großonkel sonst zu sehr vermisste. Ein bisschen komisch war das trotzdem. Und warum war Otis plötzlich so zornig geworden?

Am nächsten Morgen lief Max rüber zu Otis, um ihn zu fragen. An der Haustür klebte ein Umschlag mit seinem Namen drauf. Als Max ihn öffnete, fand er einen Brief von Otis darin.

Hallo Max,
wenn Du das liest, sind wir schon auf dem Weg zu unserem neuen Zuhause. Dieses Mal geht es nach Rumänien, wo mein Vater eine eigene Fernsehshow bekommt. Tut mir leid, dass ich gestern so blöd zu Dir war. Ich war nur sauer, weil meine Mutter mir gesagt hat, dass wir schon wieder umziehen müssen. Sobald wir angekommen

sind, schreibe ich Dir. Versprochen! Und vielleicht kannst Du mich ja mal besuchen. Wir hätten bestimmt jede Menge Spaß. In Rumänien soll es nämlich von Vampiren und Werwölfen nur so wimmeln!

Also, bis bald!

Otis

Löse das Rätsel. Welches Wort erhältst du?
Setze die Wörter zusammen.

Die durchgestrichenen Buchstaben darfst du nicht verwenden.

RÄTSEL ?

Max starrte ungläubig auf den Brief. Otis war fort. Bei Nacht und Nebel hatte er sich mit seiner Familie davongemacht. Aber waren sie wirklich nur umgezogen? Oder geflohen, weil Max hinter ihr Geheimnis gekommen war? Er seufzte. Wahrscheinlich würde er nie die Wahrheit erfahren.

INFO

Graf Dracula gilt als der gefährlichste und grausamste von allen Blutsaugern. Er soll im weit entfernten Transsilvanien (Rumänien) gelebt haben und von dem berühmten Professor und Vampirjäger Van Helsing getötet worden sein. Allerdings gibt es einige Vampirexperten, die der Meinung sind, dass Graf Dracula noch immer sein Unwesen treibt.

Der Zombie-Eintopf

So traurig war Max noch nie gewesen. Gerade hatte er einen Freund gefunden, der auch noch sein Hobby teilte, und dann war Otis ausgerechnet nach Rumänien ausgewandert. Das war so was von unfair!

Und als wäre das nicht schon übel genug, schien Trixie irgendetwas auszuhecken.

Wann immer sie Max im Haus über den Weg lief, bedachte sie ihn mit einem so fiesen Lächeln, dass es ihm eiskalt den Rücken herunterlief.

Als es Abend wurde, klopfte es an Max' Zimmertür.

»Ja?«, fragte er argwöhnisch.

Doch es war nicht Trixie, sondern seine Mutter.

»Ich wollte dir nur sagen, dass dein Vater und ich jetzt weg sind.«

Max sah sie verwirrt an.

»Oh, hatte ich vergessen dir das zu sagen? Dein Vater hat mich ins Theater eingeladen.« Sie strich Max über den Kopf, was er überhaupt nicht mochte, weil er schließlich kein Baby mehr war.

»Und was ist mit Trixie?«, wollte er wissen.

»Die bleibt heute hier, damit du nicht alleine bist.«

Max riss die Augen auf. »Wa-as?«

Gewöhnlich wehrte sich Trixie mit Händen und Füßen dagegen, für ihn den Babysitter zu spielen. Da stimmte doch etwas nicht!

Kaum waren seine Eltern aus dem Haus, schlich Max nach unten, um Trixie genau im Auge zu behalten. Sie stand in der Küche, wo sie in einem großen Kochtopf rührte und seltsame Dinge vor sich hin murmelte.

»Ah, da bist du ja«, sagte sie, sobald

sie Max entdeckt hatte. »Pünktlich zum Abendessen.«

Misstrauisch setzte sich Max an den Tisch. »Was gibt es denn?«

»Zombie-Eintopf.«

Plötzlich grinste Max. Das war also los. Trixie wollte sich für den Streich mit der Werwolfmaske rächen. Aber da würde sie sich schon etwas Besseres einfallen lassen müssen als so einen öden

Zombie-Eintopf. Als sie ihm allerdings einen Teller davon unter die Nase schob, wurde Max doch ein wenig mulmig zumute. Die Brühe war grün wie schimmliger Käse und widerliche Klumpen und Bröckchen schwammen darin herum.

»Guten Appetit«, flötete Trixie.

Max starrte den Eintopf an. Ihm drehte sich schon allein vom Hinsehen der Magen um. Aber wenn er nicht probierte, würde seine Schwester ihn für den Rest seines Lebens als Angsthase aufziehen.

Komm schon, Max!, sprach er sich selber Mut zu.

Also tauchte er seinen Löffel in die Suppe. Doch schon im nächsten Moment sprang er mit einem entsetzten Schrei auf. Da schwamm ein Auge, ein richtiges Auge in seinem Eintopf!

Max war blass wie ein Vampir, während Trixie sich vor Lachen den Bauch hielt.

»Wo … wo hast du das her?«, stammelte er.

Trixie zuckte die Achseln. »Natürlich vom Friedhof.« Nun fischte sie das Auge aus der Suppe und kaute genüsslich darauf herum.

Max würgte. »Ich glaub, ich muss …«

»Nun reg dich wieder ab, kleiner Bruder«, sagte Trixie da. »Das ist doch bloß ein eklig aussehendes Gummibärchen aus dem Scherzartikelladen.«

»Echt?«

Trixie zwinkerte.

»Puh«, sagte Max erleichtert. Dann grinste er. »So etwas hätte ich dir gar nicht zugetraut. Nicht schlecht für ein Mädchen.«

»Danke.« Trixie grinste zurück.

»Dann sind wir jetzt quitt, ja?«, fragte Max, dem ein Zombie-Eintopf im Leben völlig ausreichte.

»Quitt«, sagte Trixie.

Und dann fingen beide schallend an zu lachen.

INFO

Vampire gibt es wirklich! Im Süden von Amerika gibt es Vampirfledermäuse, die sich vom Blut anderer Säugetiere und Vögel – und gelegentlich auch mal von Menschenblut – ernähren. Wie alle Fledermäuse haben sie ein ausgezeichnetes Gehör. Außerdem besitzen sie eine ganz besondere Fähigkeit: Vampirfledermäuse können ihre Opfer an der Art, wie sie atmen, wiedererkennen und suchen sie in den darauffolgenden Nächten wieder und wieder auf.

INFO !

Von wie vielen Vampiren träumt Max?
Setze das Wort »Vampir« so oft wie möglich zusammen.

Achte genau auf die Anzahl der Buchstaben.

RÄTSEL

Auflösungen:

S. 11: Schuh, Tasse, Eis, Sonnenbrille, Elefant, Zahnbürste, Hund, Schirm, Schere, Fisch.

S. 19: Schattenbild 5.

S. 31:

S. 34: Lösungswörter: Kostueme (Kostüme), Zylinder, Zauberstaebe (Zauberstäbe), Tuecher (Tücher), Hasen.

S. 47: Es sind 15 Fledermäuse.

S. 60: Weg 5 ist der richtige.

S. 69: Auf dem Buch ganz rechts steht das Wort »Werwolf«.

S. 77: Lösungswort: Vladimir.

S. 85: Lösungswort: Dracula.

S. 94: Max träumt von 3 Vampiren.